Fábulas de
ESOPO

El caballo y el burro

Un hombre tenía un caballo y un burro.

Un día que ambos iban camino a la ciudad, el burro se sintió muy cansado, y le dijo al caballo: "Por favor, ¿puedes ayudarme llevando una parte de mi carga? ¡no doy más! Si continúo caminando con tanto peso sobre el lomo, creo que voy a morir".

El caballo, haciéndose el sordo, no dijo nada.

Luego de dar algunos pasos con su pesada carga, el burro cayó víctima de la fatiga, y murió allí mismo.

Entonces, el dueño decidió echar todo el cargamento sobre el lomo del caballo.

El caballo, suspirando, dijo: "¡Qué mala suerte tengo! ¡Por no haber querido cargar con un ligero fardo ahora tengo que cargar con todo!".

Moraleja:
Cada vez que niegues
ayuda a tu prójimo,
estarás perjudicándote
a ti mismo.

El león y el mosquito luchador

Un mosquito se acercó a un león y le dijo: "No te tengo miedo, y además, no eres más fuerte que yo. Si crees lo contrario, demuéstramelo. Arañas con tus garras y muerdes con tus dientes, como lo hacen las mujeres que se defienden de un ladrón. Yo soy más fuerte que tú, si quieres, ahora mismo te desafío a pelear".

Y haciendo sonar su zumbido, cayó el mosquito sobre el león, picándolo repetidamente alrededor de la nariz, donde no tiene pelo.

El león empezó a arañarse con sus propias garras, hasta que renunció al combate.

El mosquito, victorioso, hizo sonar de nuevo su zumbido para festejar el triunfo; y sin darse cuenta, de tanta alegría, quedó atrapado en la tela de una pequeña araña.

Mientras era devorado por la araña, se lamentaba de que él, pudiendo vencer a los más poderosos, fuese a morir a manos de ese insignificante animal.

Moraleja:
No importa qué tan grandes sean los éxitos en tu vida, cuida siempre que la dicha por haber obtenido uno de ellos, no lo arruine todo.

Los dos perros

Un hombre tenía dos perros. Uno era para cazar y el otro para el cuidado de la casa.

Cuando salía de cacería iba con el perro de caza, y si lograba atrapar alguna presa, al regresar, le regalaba un pedazo al perro guardián.

Descontento por esto, el perro de caza lanzó a su compañero algunos reproches: que sólo era él quien salía y sufría en todo momento, mientras que el otro perro, el cuidador, sin hacer nada, disfrutaba de su trabajo de caza.

El perro guardián le contestó: "¡No es a mí a quien debes reclamar, sino a nuestro amo, ya que en lugar de enseñarme a cazar como a ti, me ha enseñado a vigilar y vivir del trabajo ajeno!".

Moraleja:
Pide siempre a tus mayores que te enseñen un trabajo digno para afrontar tu futuro, y esfuérzate en aprenderlo correctamente.

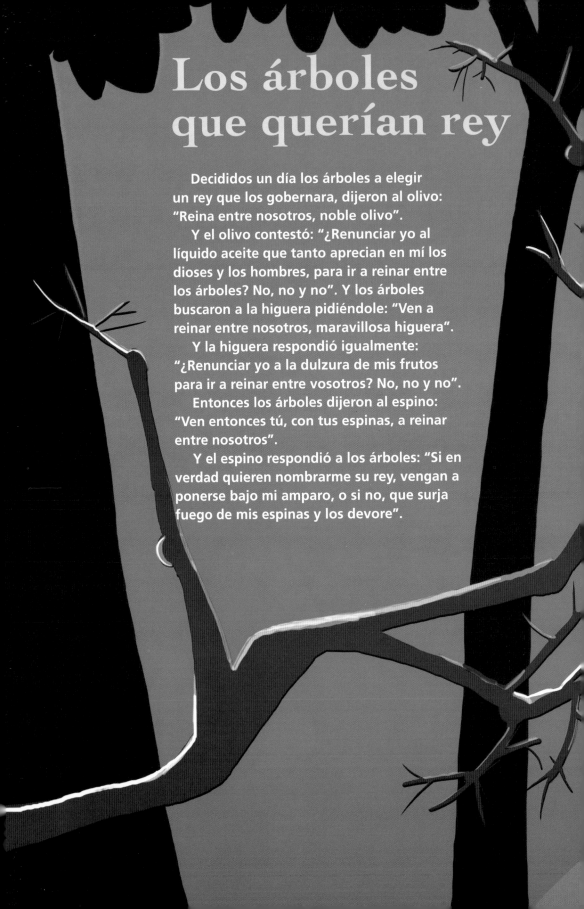

Los árboles que querían rey

Decididos un día los árboles a elegir un rey que los gobernara, dijeron al olivo: "Reina entre nosotros, noble olivo".

Y el olivo contestó: "¿Renunciar yo al líquido aceite que tanto aprecian en mí los dioses y los hombres, para ir a reinar entre los árboles? No, no y no". Y los árboles buscaron a la higuera pidiéndole: "Ven a reinar entre nosotros, maravillosa higuera".

Y la higuera respondió igualmente: "¿Renunciar yo a la dulzura de mis frutos para ir a reinar entre vosotros? No, no y no".

Entonces los árboles dijeron al espino: "Ven entonces tú, con tus espinas, a reinar entre nosotros".

Y el espino respondió a los árboles: "Si en verdad quieren nombrarme su rey, vengan a ponerse bajo mi amparo, o si no, que surja fuego de mis espinas y los devore".

Moraleja:
Quien no tiene buenos
frutos que dar, dará lo
malo que tenga para
sufrimiento de los que lo
rodean.

La sombra del burro

Un viajero alquiló un burro para viajar hasta un lejano pueblo.

Atravesaron el desierto, el dueño del burro y el viajero, sobre el lomo del sufrido animal.

Fue una travesía sumamente calurosa. El sol brillaba con fuerza, y el viajero pidió parar para descansar.

Entonces, buscó refugio del calor bajo la sombra del burro, que sólo permitía proteger a una persona. El viajero y el dueño del burro pelearon violentamente para decidir cuál de los dos tenía el derecho a la sombra del burro.

El dueño decía que el viajero había alquilado sólo al burro, y no al burro con su sombra.

El viajero afirmó que él, con el alquiler del burro, había alquilado su sombra también.

La pelea pasó de las palabras a los golpes.

Mientras los hombres luchaban ferozmente, el burro escapó, corrió a gran velocidad y ya ninguno de los dos pudo recuperarlo.

Moraleja:
El egoísta siempre
termina sin nada.

El jabalí y la zorra

Un jabalí estaba de pie bajo un árbol frotando sus colmillos contra el tronco.

Una zorra que pasaba por allí le preguntó por qué afilaba sus dientes cuando no había ningún peligro inminente de amenaza de cazador o de perro sabueso.

El jabalí contestó: "Lo hago deliberadamente; ya que así, nunca tendría que afilar mis armas justo en el momento en que debería usarlas".

Moraleja:
Es siempre necesario
estar listo para encarar
los problemas, y no
esperar a que ellos se
presenten para empezar a
prepararse.

El pastorcito mentiroso

Un joven pastor, que cuidaba un rebaño de ovejas en los montes cercanos a un pueblo, alarmó a los habitantes tres o cuatro veces gritando: "¡El lobo, el lobo!".

Pero cuando los vecinos llegaban a ayudarlo, lo encontraban riendo a carcajadas y sin ningún lobo cerca.

Hasta que un día, el lobo llegó de verdad.

El joven pastor ahora estaba alarmado de verdad, y gritaba lleno de terror: "¡Por favor, vengan y ayúdenme! ¡el lobo está matando a todas las ovejas!".

Pero ya nadie le prestó atención a sus gritos, y ninguno de los habitantes del pueblo pensó en acudir a auxiliarlo. Fue entonces que el lobo pudo herir a todo el rebaño sin ninguna oposición.

El ratón y el toro

Un ratón mordió a un toro que se enojó muchísimo e intentó atraparlo. Pero el ratón huyó y se escondió en su agujero. Furioso, el toro arremetió con sus cuernos las paredes, alrededor del agujero, pero no pudo alcanzar al ratón. Cansado, se quedó dormido. El ratón se asomó y lo mordió de nuevo, para inmediatamente regresar a su agujero.

El toro se despertó y no sabiendo qué hacer, se quedó perplejo. De pronto, escuchó al ratón que le decía: "Los grandes no ganan siempre. Hasta los más pequeños y humildes tienen un momento para demostrar su fuerza".

{
Moraleja:
Nunca se debe despreciar
el valor de los pequeños.
}

Fábulas de
SAMANIEGO

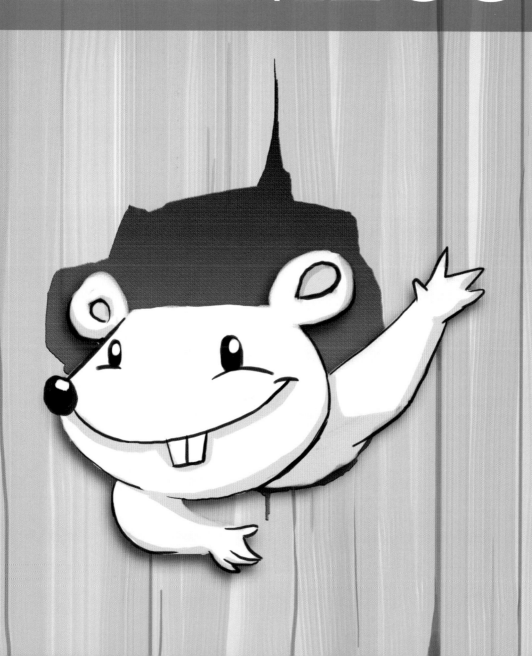

El cuervo y el zorro

Sobre la rama de un árbol, estaba muy contento el señor Cuervo con un trozo de queso en el pico.

Atraído por el aroma, un Zorro muy pícaro se acercó y lo saludó: "¡Buenos días, señor Cuervo! ¡Qué bello e inteligente se lo ve esta mañana!, y usted sabe que yo no elogio porque sí, y siempre digo lo que siento. Me imagino qué maravilloso será su canto si su figura es tan hermosa".

Al oír tantos halagos, el Cuervo vanidoso intentó cantar. Abrió su pico y dejó caer el queso. El Zorro, muy astuto, se comió el queso y le dijo: "Señor Cuervo, bobo y engreído, ahora no le queda otro alimento que mis falsas alabanzas, mastica mis zalamerías mentirosas mientras yo digiero este rico queso".

Moraleja:
Siempre hay que
desconfiar
de los aduladores, que
halagan con demasiada
facilidad para obtener
beneficios.

La zorra y las uvas

Al mediodía y en ayunas, la zorra estaba cazando con poca suerte, cuando encontró una parra. Se quedó mirando las ramas más altas de donde colgaba un enorme racimo de uvas. Tenía mucha rabia porque no alcanzaba las uvas con su garra. Miró, saltó y probó llegar hasta las deseadas frutas de mil maneras, pero no pudo obtenerlas.

Al ver que era imposible alcanzarlas, la zorra dijo: "¡No las quiero comer! ¡No me gustan! ¡No están maduras!".

Moraleja:
Sin conformismos,
debemos mantener el
deseo y prolongar la
búsqueda, con paciencia
e inteligencia. Nada es
imposible para siempre.

La gallina de los huevos de oro

Había una vez una gallina que ponía un huevo de oro cada día. A pesar de obtener tantas riquezas, su dueño nunca estaba contento.

Un día, el acaudalado avaro quiso descubrir el secreto de la gallina, saber dónde estaba exactamente su mina de oro, y conseguir así más tesoros en menos tiempo.

Entonces la mató y le abrió la panza, pero no encontró nada.

Muerta la gallina, el miserable perdió su huevo de oro de cada día, y dejó de ser rico.

La cigarra y la hormiga

La cigarra pasó el verano entero cantando, sin guardar nada para el invierno.

Cuando llegó el frío, guardó su guitarra, y se refugió en su pequeño nido. No tenía comida ni abrigo, ni moscas ni gusanos, ni trigo ni centeno, ni ramas secas ni hojas mullidas.

Helada y con hambre, la cigarra decidió pedirle ayuda a su vecina, la hormiga, y con mil expresiones de atención y respeto le dijo: "Doña Hormiga, ya que en su granero sobran las provisiones, ¿me puede prestar alguna cosa para pasar el invierno? Usted sabe que soy una buena cigarra y que mis canciones alegran el verano. No dude en prestarme que, por el nombre que tengo, prometo devolverle todo con ganancias".

La codiciosa Hormiga respondió decidida, ocultando las llaves del granero: "¡Yo no presto lo que gano con tanto trabajo! Dime, pues, holgazana, ¿qué has hecho en tu tiempo?".

La cigarra le respondió: "Yo he alegrado a todos cantando alegremente, sin cesar ni un momento".

La hormiga egoísta le contestó: "¡Qué bien! ¿así que cantabas mientras yo trabajaba duramente? Bueno, ahora, mientras yo como, puedes seguir cantando".

La cigarra murió de frío, y el verano siguiente fue muy triste. Sin canciones, se secaron las flores, la hormiga tuvo menos provisiones para guardar, y menos alegría para trabajar.

Moraleja:
Está muy bien ser previsor y trabajar duramente, pero siempre hay que ser generoso con los que necesitan, y respetuoso con los artistas que nos brindan alegría.

El lobo y el perro

Buscaba comida un Lobo muy flaco y muy hambriento, y se encontró con un Perro tan bien alimentado, bello y sano. "¡Cómo envidio tu situación!, sin problemas, con buena comida y abrigo. Mírame a mí, que aparentemente soy más poderoso, más valiente y más inteligente, ando flaco, solo, muerto de hambre, siempre luchando contra las adversidades".

El Perro le respondió: "Si te lo propones, podrás lograr mi fortuna. Debes dejar el bosque y el prado, venir a la ciudad, servir de guardia a un rico caballero, sin otro afán ni más ocupaciones que defender la casa de ladrones".

"¡Acepto!", respondió el lobo, "será fácil ese trabajo, ¡para mucho más estoy hecho!, me libraré del cansancio de ganarme la comida cazando en los montes, caminando sobre las piedras, trepando cerros y atravesando la maleza. No sufriré más los rigores de la lluvia, la nieve y el calor".

A paso firme marchaban el perro y el lobo juntos, charlando amigablemente, cambiando opiniones sobre la manera de llenar la panza.

De repente, el Lobo miró detenidamente al Perro, y le consultó con curiosidad: "¿Por qué tienes el pescuezo algo pelado? ¿Qué es eso?".

"Nada, nada", respondió el perro.

El Lobo insistió:

"Dímelo, camarada, ¿qué es eso?".

El perro contestó con sinceridad: "No es más que la marca de la cadena; soy muy inquieto, por eso me sujetan con ella. Mis amos me sueltan cuando comen, y en ese momento me reciben a sus pies con alegría, y me tiran pedazos de pan, y todo aquello que les desagrada; carne mal asada, huesos descarnados, cáscaras y otras sobras. Y los glotones, que todo se lo tragan, me pasan la mano por el lomo. Yo muevo la cola y como en silencio".

"Ahora entiendo", dijo el Lobo, "todo parece muy bueno, pero al fin y al cabo tú estás preso: jamás sales de tu casa, ni puedes ver lo que pasa en el mundo".

"Es así", confesó el perro.

El Lobo, entonces, reflexionó: "Amigo Perro, la libertad que yo tengo, no he de cambiarla de ninguna manera por tu abundante y próspera fortuna".

Moraleja:
Son preferibles los
riesgos de la libertad
que la comodidad de la
esclavitud.

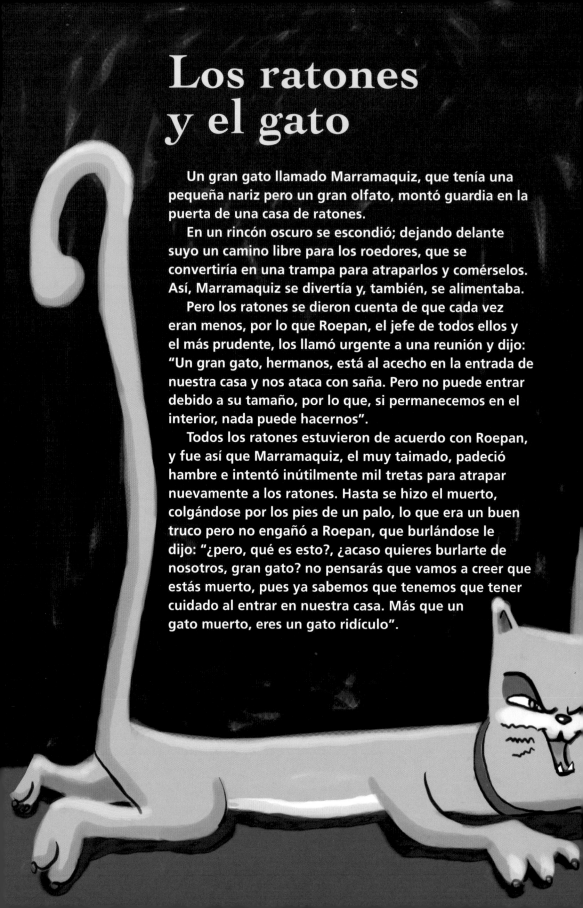

Los ratones y el gato

Un gran gato llamado Marramaquiz, que tenía una pequeña nariz pero un gran olfato, montó guardia en la puerta de una casa de ratones.

En un rincón oscuro se escondió; dejando delante suyo un camino libre para los roedores, que se convertiría en una trampa para atraparlos y comérselos. Así, Marramaquiz se divertía y, también, se alimentaba.

Pero los ratones se dieron cuenta de que cada vez eran menos, por lo que Roepan, el jefe de todos ellos y el más prudente, los llamó urgente a una reunión y dijo: "Un gran gato, hermanos, está al acecho en la entrada de nuestra casa y nos ataca con saña. Pero no puede entrar debido a su tamaño, por lo que, si permanecemos en el interior, nada puede hacernos".

Todos los ratones estuvieron de acuerdo con Roepan, y fue así que Marramaquiz, el muy taimado, padeció hambre e intentó inútilmente mil tretas para atrapar nuevamente a los ratones. Hasta se hizo el muerto, colgándose por los pies de un palo, lo que era un buen truco pero no engañó a Roepan, que burlándose le dijo: "¿pero, qué es esto?, ¿acaso quieres burlarte de nosotros, gran gato? no pensarás que vamos a creer que estás muerto, pues ya sabemos que tenemos que tener cuidado al entrar en nuestra casa. Más que un gato muerto, eres un gato ridículo".

Moraleja:
Si alguno llega con astuta maña y una vez nos engaña, es cosa sabida que puede ser muy peligroso algunas veces, pero es posible descubrirlo y burlarse de él.

La lechera

Una lechera llevaba al mercado, con mucha habilidad, un cántaro con leche sobre la cabeza. Les decía, felizmente, a quienes quisieran oírla: "¡Yo sí que estoy contenta con mi suerte!".

Marchaba sola la alegre lechera mientras pensaba: "Con esta leche vendida, obtendré bastante ganancia. Con ese dinero compraré un canasto con huevos, para que nazcan cien pollos, que en el verano canten en el gallinero. Con el importe logrado con tantos pollos, compraré un chancho; con frutas, pan y agua fresca, lo haré engordar tanto que veré cómo arrastra su barriga. Llevaré al cerdo bien gordo al mercado, y sacaré de él suficiente dinero para comprar una robusta vaca y un ternero".

Pensando en todo esto iba la lechera distraída, tropezó con una piedra y tiró el cántaro al piso. ¡Pobre lechera! Adiós leche, dinero, huevos, pollos, lechón, vaca y ternero.

Moraleja:
No debemos anhelar
impacientes y codiciosos
el bien futuro, sin
asegurar el presente.

El león y el ratón

Estaba un ratoncito aprisionado en las garras de un león. Molestaba al rey de la selva su bullicio. Pidió perdón el pequeño roedor, llorando sin parar.

Al oír implorar clemencia, le respondió el león en majestuoso tono: "¡Te perdono!". Poco después, mientras cazaba, el león tropezó en una red oculta entre las plantas. Quiso escapar, pero quedó prisionero. Atronando la selva, rugió ferozmente.

El libre ratoncito, que lo escuchó, llegó corriendo y tras roer los nudos de la red logró liberar a la fiera.

Moraleja:
Conviene al poderoso,
con los más débiles ser
piadoso. Tal vez se puede
ver necesitado del auxilio
de aquel más desdichado.